아버지 역
어머니 손님

아버지 역 어머니 손님

발행일	2022년 6월 13일			
지은이	김재명			
펴낸이	손형국			
펴낸곳	(주)북랩			
편집인	선일영	편집	정두철, 배진용, 김현아, 박준, 장하영
디자인	이현수, 김민하, 안유경, 김영주	제작	박기성, 황동현, 구성우, 권태련
마케팅	김회란, 박진관			
출판등록	2004. 12. 1(제2012-000051호)			
주소	서울특별시 금천구 가산디지털 1로 168, 우림라이온스밸리 B동 B113~114호, C동 B101호			
홈페이지	www.book.co.kr			
전화번호	(02)2026-5777	팩스	(02)2026-5747

ISBN   979-11-6836-329-8 03810 (종이책)   979-11-6836-330-4 05810 (전자책)

(주)북랩 성공출판의 파트너

북랩 홈페이지와 패밀리 사이트에서 다양한 출판 솔루션을 만나 보세요!

홈페이지 book.co.kr   •   **블로그** blog.naver.com/essaybook   •   **출판문의** book@book.co.kr

---

작가 연락처 문의 ▸ ask.book.co.kr

작가 연락처는 개인정보이므로 북랩에서 알려드릴 수 없습니다.

아버지
역
어머니
손님

눈을 두고 귀로 보아야 보이는 세상!

김재명 詩集

북랩

죽음의 말씀이 내 말을 태어나게 하고
죽음의 살점이 내 몸을 살아가게 하고
죽음은 산자의 길에 신호가 되리
나는 이 사실의 실체에 기대 간절함을 구한다.

삶의 간절(懇切)은
어머니의 젖과 같고 벌꿀과 같이 면역이 있어
세상에서 제일 힘쎈 면역력으로 우리를 지켜 준다
그 면역력에는 사랑이란 부드러움이 있고
날카로운 끝과 무딘 망치가 있어 못난 곳을 잘나게
다듬어 준다

젊어 한때 나는 실패로 몹시 아팠고 고통으로 토한
선혈로 깨알과 좁쌀처럼 풀잎에 꽃을 피운 곳이 있어
산의 바위틈에서 몇 번의 노숙이 삶의 이음으로 여기까지 왔다

나의 시의 간절함으로 삶의 이음이 지속된다.

차 례

아버지 역
어머니 손님

나

내 몸을 구성하고 있는 칠십 프로의 물은
물은 어머니
어머니는 물이십니다.

내 몸을 구성하고 있는 이십 오 프로의 뼈는
뼈는 아버지고
아버지는 그릇입니다.

내 몸을 구성하고 있는 사 프로의 핏줄은
핏줄은 천둥이고 벼락이고 번개인데
나를 훈육하고 가르치는 교육의 도구입니다.

내 몸을 구성하고 있는 일 프로의 살갗은
살갗은 온전한 나입니다 살갗이
백 프로 완성된 나를 담아 지켜줍니다.

건강하게 완성될 수 있는 것은 제 마음속에 아버지가
그릇으로 남고, 어머니 물은 출입을 하시는데
다시 오실 때는 더 공부를 하여 맑고 깨끗이
제 몸속에 돌아오십니다.

제 사는 숨은, 하나님의 것입니다.

별빛은 하늘 농부

허공 별빛은 하늘 농부다
아래 불빛은 지구 농부다
차츰, 너는 저 빛에 농부다

별빛 불빛은
저희를 무엇으로 둘까
우리를 어디에 부릴까
농지로 쓸까
공장으로 쓸까

아니면?
이(以)를 종으로 쓸까
글로 책으로 도구로 쓸까
하면, 너는 내게서 무엇을 날까 쓸까

날까 농부로

홀로 울고 싶어라

쓸까 글로

모두 웃고 싶어라.

눈은 두고 귀로 본다

한낮이라도
아무 움직임 없이 나무들이 조용한 것은
숲속은 지금 밤이라서 잠이 든 것입니다.
한밤이라도
집 밖의 나무들이 흔들리며 요란한 것은
숲속은 지금 낮이라서 일하는 것입니다.

눈은 두고 귀로 보아야 볼 수 있습니다.

숲속의 나무는 한 그루마다 태양이 있어 별들이 태양입니다
숲속의 나무들은 큰 별이 하나만 떠서 태양이 별입니다
오늘은 바람이 찾아와서 들에 강산에 나무들이 웃었습니다.
어제는 비가 찾아와서 쓸쓸해서 숲속의 나무들이 울었습니다.
내일은 비바람이 준 테마로 글을 쓰고 연극도 하고
더 사랑의 말을 속삭일 겁니다.
홀로 고요할 때는 참으로 부럽습니다.

숲속의 나무들은 재주가 있어

낮을 낮으로 쓰고 밤을 밤으로 쓰기도 하지만

낮을 밤으로 쓰고 밤을 낮으로 쓰는 재주를 보입니다.

갯벌

구름을 찍어 바람 붓으로 글쓰다
저승이 이승에 두고 온 소설이다

아주, 머어언 곳에서
가물가물 내려와 갯벌에 쉼 연은
검은빛 갯벌은 까만 머릿결로 딸들이고
그 속의 흰빛 조개들은 늘 아들들이다

저승에서 이승의 걱정은
이승에서 저승의 걱정은
왠지 저승은 슬퍼서 기쁨으로 같고
왠지 이승은 기뻐서 슬픔으로 같다

썰물로 바닷물이 나가면
아버지는 천국 하늘을 보여주는 것이고
밀물로 바닷물이 들어오면
어머니는 천국 마음을 잠재워 준 것이다

새벽에 달빛은 아버지의 가슴이 이불이고
저녁에 노을은 어머니의 마음이 집 안이다

별빛 이불을 덮어주고 황금 집을 지어주고 싶은
하늘서 부모님이 전하는 보석별 반짝이는 선물을
받고, 임 속 갯벌에서 우리는 생각의 책을 읽는다.
(하늘과 지상이 대화하는 곳)

새를 보며

세상에서 제일 새것 글자를 외워서
새 자다

새들은
언제나 새소리를 낸다
언제나 새집에 산다
언제나 새날이다

새들은
늘 새 맘이며
늘 새 일을 하고
새 날이 새것뿐이다

새 중에 새 앞에 불쌍한 글자도 있다
꿩 자다
꿩 새 울면
도루묵 실패란다
꿩, 꿩이 슬프다

어제오늘 꿩 자인 것 내일 배움은 새 자다
새 자로 기쁘고 꿩 자로 슬프니, 외움이 난 새 맘입니다.

잠자리

하나님은 계셔도 보이지 않고
허공은 빈 것이 보이고

안 보인 것이
빈 것을 품고
빈 것이 물렁한 것을 품고
물렁한 살이 단단한 뼈를 품고

사람은 몸속에 마음이 있고
하나님은 마음속에 몸 있고
마음이 있고
허공은 하나님 피부인가 보다.

처음과 끝 빈 곳의
우리는 현미경 돋보기 망원경
나는, 밀 쌀 고추잠자리 날고 있다.

비움의 가치

풍선만큼 비운 것과
허공 만한 비인 곳이
무게가 같습니다!
무게가 없습니다.

노동과 노력은 비어 있는 것
고통과 인내는 비워 있는 곳
꽃들은 꿀을 비워 열매를 맺습니다.

헌혈을 하고
기부를 하고
빈 것이 사과 만한 풍선입니다

하나님은
풍선과 허공을 맞바꿔 주셨습니다
나는 허공을 갖고
하나님을 풍선을 갖고 있음입니다.

난 허공에 있고 하나님이 풍선을 잡고 날아옵니다.

내일도 같은 사랑

그대만 좋으라고
눈짓이 예쁘라고
매일 이 눈을 씻어줍니다

그대만 좋으라고
향기가 예쁘라고
매일 이 코를 씻어줍니다

나로 좋으라고
그 말씀 들으려고
매일 제 귀도 씻어줍니다

나로 좋으라고
이 말씀 들으려고
매일 제 입도 씻어줍니다

눈물이 있고 바람이 있고 매일도 씻어 흔들어 줍니다.

가을 사랑의 노래

통나무 투명한 수로를 따라서 올 줄 아는 사랑
올 줄 예감도 한 이별
그대
지금 얼마나 먼 곳에서 살고 있을까

하늘 벽 타고 올라 풍덩 바다를 헤엄쳐 가고 싶다
보며 서로, 네 것만 따던 자줏빛 포도 알
빨간 눈 이국땅을 바라다보는……

얼마나 흘러갔을까 연, 년, 가을
창가에 인천행 전철을 타고 바라보던 그 모습 어쩌면,
슬픔이 고여 감고 퉁퉁 분 긴 전차가
당신의 몸을 연 지도 몰라.

화음(和音) 비

당신을 사랑합니다, 우린 헬 수 없어요.
그대와 나 밤하늘 보면 은하수에서
투명한 비가 내려요.
별들이 반짝이고 하늘은 더 푸르게 밝게
빛나요, 저 멀리서 오는 빗방울을 보서요.
멀리 가까이 내려오는데 투명한 화음비가
지상을 온통 환하게 밝혀주고 있어요.

당신을 사랑합니다, 우린 헬 수 없어요.
그대와 나 지상에서 하늘을 보고 저 흰 우산을
펼치며 함께 받쳐 들어요, 은하수길 투명하고
푸르게 악기를 틀고 노래를 하고 우리 함께
춤을 춰요, 화음비가 하늘을 온통 환하게
밝혀주고 있어요.

당신을 사랑합니다, 우린 헬 수 없어요.
그대와 나 지상에 하늘을 마주 보며 글썽인,
사랑 환하게 투명한 화음 비가 내려요.
우리 함께 노 저어 가요, 저 푸른 하늘을
세계로 한배를 타고 은하수 갈 날이 있을지
모르잖아요, 아! 무지개 속 이 그리움
화음 비가 우리들을 온통 환하게 빛내주고
있어요.

중심(中心)

나 하나는 가까운 곳에 있고
먼 곳에 밝은, 헬 수 없이 있습니다,
그 무게는 내가 잽니다.

지구 하나는 가까운 곳에 있고
먼 곳에 밝은, 헬 수 없이 별들이 있습니다,
그 무게는 하나님이 잽니다.

어머니는 집에 등불 하나로 가까운 곳에 있고
먼 곳에 밝은, 아버지의 가로등 빛이 있습니다,
그 무게는 자식들이 잽니다.

행동 하나는 너에 가까운 곳에 있고
먼 곳에 밝은, 나의 생각으로 있습니다,
그 무게는 존재의 우리들이 잽니다.

사랑의 교실

사랑은 배워 배워도 끝이 없어서
어제 잘한 사랑을 잊을 수 있고
오늘의 잘한 사랑은 어제 것으로
내일이 잘할 수 있으니 곱다

사랑은 높고 높아서 끝남이 없고
사랑은 낮고도 낮아 시작이 있다

첫
사랑은 서툴러서
너로 부끄러워 살짝 고개를 돌렸지만
오랜
사랑은 익숙해 조용하고 난 우아했다

사랑은 웃음도 많고 울음도 많고 많아서
그 사랑을 더 채우려고 사랑의 교실을 실고
공중을 끝없이 날아다닌다.

자유로운 사랑

동그라미 있다가 동그라미 없다가 동그라미 안으로
들어오는 동글한 자유한 사랑
하나에서 십까지 백까지 천까지 만까지 십만까지 가서
가서, 십만에서 만으로 천으로 백으로 십으로 나 하나로 돌아오
는 것
동그라미 안에서 동그라미 있다가 동그라미 없는 것
오랜 세월이 흐른 후에 망향처럼
동그라미 있는 것, 동그라미 없는 것 동그라미 안에
있다가, 어디로 이역만리 사라진다 해도 언제나 내
안에서 동그라미로 들어 있는 것
동그라미 사랑은!
오직 언제나 하나지만
언제나 나는 하나에서 열에서 백에서 천까지요
승리 위해 천까지 되었지만 지키는 것은 하나지요
동그라미 사랑이 자유로운 사랑인 것은
언제도 시작이고 먼 곳도 시작이고 끝에도 시작이고
하루 일 년 백 년 천 년 만 년도 시작이어서,
늘 하나 당신을 가운데로 활활 활 모닥불로 타올라서
너를 나는 나 하나로 멀리 서 백으로 천으로 강강 수 월래

가깝게만 당신께 돌고 있는 것입니다.

* * *

천으로 지키고 하나로 승리하는 것.

세상에서 가장 아름다운 시(時)

태어나서 울음을 터트릴 때에
허공은 먼저 내 손을 잡고 다음 옮겨 준 손으로
엄마 손을 잡았지
연인과 함께 해변에서 헤엄칠 때에 바닷물이 먼저
내 손을 잡고 다음 옮겨 준 손으로
그대 손을 잡았지
지상에 그토록 좋은 시간이
이전에 나는 허공으로 신랑이었고
이전에 너는 바닷물이 신부이었고

시작도 끝이 없는 저세상

저렇게 많은 별이 너와 나의 집이고
저렇게 높은 은하가 나와 너의 도시고
난 그 시간이 좋아
그런 생각이 너무나도 좋아 지금도 좋아
아득한 곳 본향에 돌아가면
다시 나는 허공
또 너는 바다로 신랑 신부가 좋아
연인도 좋아 그 시간은 예뻐서 좋아.

하나님께 편지

아지랑이는 물 가루
안개는 물 가루
구름은 물 가루

하늘 하나님께서 흰 물 가루로
밥과 떡을 지어서 지상의 생명에 양식으로
빗방울
눈송이
내려주십니다.

부모님께 편지

내 그리움 일 적
옛 산은 모(母) 젖가슴처럼 봉분이, 이젠 없어
납골당! 흰 항아리 둘이 어쩌면
어머니 젖가슴만 같습니다, 아린!
어머니 젖가슴 같은, 더 닮은 외로운 항아리,
있었으면, 만들었으면, 분 곱게 앉혀 드렸으면.

밥상

생각 속 밥상이 나의 작은 나라여서
작은 나라에 온 낮은 생명들이 모여서
밥도 국도 반찬도 돼지고기 닭의 몇 점 새우
멸치도 상추 잎 깻잎 사과 귤 하나도
삶이랴?

제 몸속을
너를 높여준 왕으로
나를 높여준 궁으로
우리를 높여준 나라로
삶이랴, 어디를 가든 나의 슬픈 신호야

잘 사시다가 황금빛으로 나와 떠나시라
비창(悲愴)한 밤을 사귀려고 나의 팔 년은 산 금붕어를
깜박깜박 창문을 열고…
창문을 열고, 달 구경 별 구경을 시켜 주었다
… 무시로 잠들면
바람으로 강물로 구름으로 떠나시라
어디를 가든 나의 슬픈 신호야.

천안 아저씨

두만강 압록강 한강 낙동강

묵은 피 고름 백골이 녹아 흐를, 푸른

그날은 언제인가,

산딸기 찔레꽃 보리피리

까까의 높이 노트 속에 목 쉰 소리로 깊을

논두렁 밭두렁 개구리 뜸 북이

밭두렁 논두렁 뻐꾸기 맹꽁이

아! 잊으랴, 못 잊을

일곱, 여덟, 아홉 살,

육이오 사변 몸살의 포성이 있다

등잔불 작은 불빛도 귀 막은 슬픈 이불 속

무서워라, 아직도 그날을 돌아보는, 이제는 없는 귀한

숨 (.........)

천안 아저씨

천안 아저씨

천안 아저씨 전쟁터 밭두렁 논두렁

미루나무가 쓴 푸른 군복 푸른 철모, 녹슨 철모

뭉툭한 굵은 군화 소리, 고 찌의 그 말씀이, 배고픈

밤의 말씀이, 호박잎에 똥을 싸서 줄며 줄면서 먹었답니다.

천안 아저씨 개성 아저씨 내가 살아서 통일되었으면.

2021년 1월 1일, 78살.

연 줄 같은 사랑

저항도 있지만, 하나는 당기고 하나는 풀어주는 이
무슨 뜻이 있을까, 누구의 뜻이 있을까,
세상의 삶이 모두가 그리하리라
세상의 사랑이 모두가 그리하리라
세상의 진리가 모두가 그리하리라.
보라?
저 높은 창공을 나는 연을 보라
연줄이 아비 인가, 날으는 연은 아이인가
연줄이 아이 인가, 날으는 연은 아비인가
생각을 한다
연줄이 오백 년의 은행나무의 힘줄도 같고
날으는 연의 높이는 한 살 아이의 새싹 같아라.
누가 밀어주고 무엇이 당김인가
눈물이 흐른다.
허공이 키우는 흙 알이
흙 알이 몇몇 억 개로 오백 년 은행나무가 살까
흙 알이 또 몇몇 억 개로 한 살 새싹들이 살까
오늘 밤도 별이 뜬다, 오백 년 오 만년 길이길이

빛나는 별, 새싹을 위한 아비가 준 달콤한 알사탕 같은, 저 별들을
별을 수없이 본다.
생각을 바꿔 봐 생각을 돌려 돌려서 봐!
우리는 집으로 간다, 줄, 연이 뜬다.

부부

하나님께서 처음 생각이 외로움일 듯 합니다
외로워서 하나님은 스스로 아버지 하나님
어머니 하나님으로 부부 되시고,
큰 외로움은 그리움이 되고 사랑이 되고
난 어쩌면, 하나님은 한 분이 두 분이시고,
두 분이 한 분이신 듯합니다.
외로움에 지은 것이 그리움으로
하나님의 형상을 따라 우리의 모양대로 사람을 만들고
외로워 더 지은 것이
저 별 되고 길 있고 마음 되고 행동 있고 마을에 집 있고
산 되고 강 있고 바다 되고 구름 있고 바람 있고
빛으로 낮 되고 어둠으로 밤 있고
그토록 더 만들고 지은 것이
짐승도 새들도 물고기도 곤충도 나무도 풀도 꽃 핌도 모두가
남자와 여자가 있어 부부가 되고 생명 탄생이 그리움이다
참으로 생각을 하면?
외로움을 진실로 그리움을 진리로
외로움에 슬픔을 그리움에 기쁨을

우리가 따라 배움은
모두가 하나님께서 펼치시는 아름다움입니다.

자꾸자꾸 생명들이 탄생하고 세상은 아름다워라
하나님이 외로워서 지은 것이 영원하고
영원하여 감사할 따름입니다.

하나님 아버지 하나님 어머니
부부 하나님.

어머니

어머니란 이름이 편안하다
부르면 앞에 있고
생각하면 멀리 있는

어머니
우리 어머니 세상의 어머니가 좋다
어둠 속 학교에서 돌아오면 그 무서움 속
호롱 불빛에 어머니
호롱 불빛 불러주던 내 이름

찔레꽃 언덕 손잡고 걸어가던 길
저 멀리서 보이면 부르면서 그 길을
달려서 가고 싶다 그리고 나는
어머니 품에 안기고 싶다
가슴에
있고 이제는 없는 흔들리는 우리 어머니, 어머니.

모자

모자를 모자(母子) 한 생각이 좋아 그로
호수에 비친 노연 것

중학생 모자를 쓰고
고등학교를 생각하고
엄마를 어머니라 부르던 생각

내가 산
모자를 쓰고
모자를 벗고
어머니를 엄마라 부르는 생각

땅의 마음이 바라보고
하늘 생각이 불러보고

이제도
언제도 어머니는 곁에
모자를 두고 어머니와 나는 나란히 앉아 있어라.
가희도 먼 곳 하늘에 계신 어머니.

보는 마음 읽는 마음

다음은 사는 모습이 이어지고
아침 해 뜨고 해지는 것이 이어지고
저녁 해 지고 해 뜨는 것이 이어지고
아침 오후 저녁에
길을 걷다가 풀잎을 보니 이어지고
내가 하는 말이 이어지고 환영하는 풀잎이 많습니다.
이어지고 반겨 주는 나무들이 많습니다. 이어
더 길을 가다가 잠시 서서, 흙 돌멩이 하나에 쓰다듬어
줍니다. 이어지고, 친구 하자고 하니 이어지고
하니와
하니는 이어지고 하니, 하니,
하여 돌멩이 하나가 참 잘난 얼굴입니다, 이어지고 이어지고
그래서, 그리고
하늘이 바라 본 우리를 찰칵 사진 찍어줍니다.
누가 이어 지고, 나를 그때부터 지금까지 뭘 하셨나요, 물음 있
다면
잠시 생각하다가 아주 부끄럽게 이 시집을 드릴까요.
하여 이어지고…
생각하면?

아버지 역 어머니 손님

그때부터 지금까지 얼마나 잘해 왔나, 가 아닌
그때부터 지금까지 얼마나 잘하고 싶어 했나를, 느끼고 얘기한
다면,
난 너무 고마워서 울지도 모르겠다.

넘고 넘어 꽃 피리

버들피리는 찬물에 젖어 부는 거야
버들피리는 껍데기서 소리 나는 거야
그래서
진하게 처량하게 들리는 거야
떨리며 속, 살을 찢고

더 머~ 언 울음 버들피리 소리는
넘고 넘어, 넘고 넘어
물동이 달동이 그리운 거야

필 릴리, 필 릴리, 필 릴리,
필 릴리, 필 릴리, 필 릴리,

필 릴리 울음 속 끝없이 가고, 오는 것
푸른 몸 붉은 입술에 불어 허공도 울어 들리는 거야.

우리 집 금붕어

팔 년을 함께 살던 금붕어가
예쁘게 즐겁게 살던 금붕어가
2021년 2월 23일 어제
오늘 죽었습니다.
할멍 할배와
한 식구처럼 살던, 재롱 많던 너
두고두고 생각날 네 모습
잘 가라 부디, 잘 가서 은하수에서
잘난 모습으로 태어나 살거라, 그리고
그곳으로 가면, 너도 기억할, 늙으셨던
내 부모님을 만나면, 예 소식을 잘 전하고
인사하기를 바란다.

이름은 붕이, 붕이,
이제 눈물처럼 너를 보낸다.

꽃

사랑하는 그대를 위해
아침 속의 영롱한 햇살을 뽑아
봄 반짝일 날개옷 한 벌을 지어
그대의 몸에 입혀주고 싶습니다.

사랑하는 그대를 위해
여름밤은 새하얀 별을 따다
반짝이는 목걸이를 지어서
그대의 목에 걸어주고 싶습니다.

사랑하는 그대를 위해
가을 속의 은하수 강변에 피인
흰 들꽃을 꺾어다가 화관을 엮어
그대의 머리 위에 씌워주고 싶습니다.

사랑하는 그대를 위해
겨울 속의 강산에 설화를 피워놓고
오색 빛 옥돌을 깎아 사랑으로 세운
세상에 가장 예쁜 그의 집을 지어주고 싶습니다.

사랑하는 그대를 위해

나 하나로 수많은 별이 되어

수많은 별이 너 하나로 되어

하늘 아래 마음의 모습이 보여 있고 싶습니다.

시(詩)는…

알몸을 가시 찔리면서
서쪽서 동쪽까지 걸어
밤새 온 태양이다

시(時)는
종노릇이고
빚쟁이다

태양의 빛은 빚이고
가시는 빚으로 종노릇
한 것이다

시(詩)는
가난이 보인 것이 많고
고달피 느낀 것이 많다

태양은 시고
시는 태양이다

참고

시(時), 시(詩), 시인(詩人)은 그토록 반복하는 것이다.

무지개 시(詩)

음지에서 자란 고석을 양지로 내어 고지(高地)에 두고
온전한 나로 해서, 몇 번인들 한 점씩
살의 살을 베어서 잇댄 것이… … 사라면

시(詩)라면
거친 서릿발 속에, 그래도

무지개
잡아봤으면.

산다는 건

제 얼굴에 살 터진 것이 웃음
이상도 하지
제 얼굴에 살 아문 것이 울음
이상도 하지
밝은 달은 환부를 가른 전부의 모습이 웃음
이상도 하지
반짝인 별은 환부를 꿰맨 자국의 모습이 울음
이상도 하지

그래서, 나는 거기 아이들 뛰노는 모양들
이상도 하지

이상도 하지
볼 수 없는, 의사와 약

빛나는 감투

별을 헤아려 저 별들을 두 손에 붙여
날 세워 보여주던 열 손가락 열 발가락에
높은 손톱은
낮은 발톱은
하나님 아버지와 하나님 어머니께서
저에게 씌워주신 빛나는 감투입니다

바른 일 좋은 글 짚어주고
맛난 것 먹어 주고
아픈 것 떼어 주고
올바른 길을 살라고
땅으로 올려 하늘까지 거울을 달아주니

깍지마다 슬픈 감투에
내가 인사하고 조아려 보는 매일이
나의 마음이 또 기뻐서 매일이
열 손톱이 열 발톱이 빛나는 감투로 언제나 써볼
일은, 내가 나에게 시키는 착한 것입니다.

농부 글

백 번 중에서 한 번의 모서리가
가을로 새파랗게 새 하늘입니다

백 번을 너는
사과나무의 열매들이 공중에서 내려온
마음속 사람들이어서

한 번을 나는
나와 식솔들이 땅속에서 올라 온
마을 속 열매들이어서

어제의 너는 나의 사랑이려면
오늘의 나는 너의 마을이려면
내일의 우리들은 나라이려면

백 번이 한 번의 사이에
한 번이 백 번의 사이에
생은 하나씩 아름다운 왕국이다
마음 가슴의 궁전 두 손에 사과는 중전 얼굴은 북 치는 왕.

우리는 영원히 가고 있다

존재하는 것은 영원히 이동하며 변화하는 것이다
생사는 순환하고 변화하여 세상으로 나타내는 것
그 생은 모두가 영광입니다.

구석구석 습한 곳이 생겨나고
구석구석 습한 곳이 있어야만
씨앗이 오는 것은 보내는 자로 있는 것입니다.

태양 빛은 왜 어둡고 습한 곳으로 내려올까
불빛도 살기 위해서 오고 어느 명령의 힘으로
씨앗을 싹 틔우고 보살펴서 키워 주는 것입니다.

저토록 힘든 은혜도 없이 숲의 생명들이 무성하고
아름다울 수 있을까, 슬픔과 기쁨은 삶이고
피할 수 없는 명령의 답입니다.
그 일을 주관하시는 이 하나님이십니다.

사람 꽃

얼굴은 사람이라 쓰고
목은 너를 나로 쓰고
열 손톱에 시를 씁니다.
손등을 앞으로 하고 무릎에
팔꿈치를 대고서 가만히 앉아

며칠을 기다리다가…
열 발톱에 시를 씁니다.
너는 기도를 드리고
나는 꽃을 너무 사랑합니다.

목숨의 시를
사람도 꽃입니다. 쓰고
아래는 땅으로 쓰고 위는 하늘로 썼습니다.

나의 길

꽃 아름다워라

한 송이 피우기 위해 얼마나 먼 길을 돌아왔을까

엉킨 것을 실핏줄을 헤매어 찾음으로 온 곳

뿌리의 길은 얼마나 깊어 어둠 속이 시리고 추웠을까.

가자 또 가자 꽃 필 길을 헤매어 고달프게 가자.

배고파서 굶주리며 가자.

아프면 아픔으로 그래도 가자.

나의 길이 아프면 몸이 약 되어 기대어 보고

길이 험해 상하면 내 손이 약손이다 잠재워 주며

매년 꽃피는 힘 약속으로 엉금엉금 기어서 가자

나무 끝에 꽃피러 가자

천만번 가서 한 번은 보자

어둠에 던지는 돌 하나

씨, 돌멩이

울어서 피는 꽃
웃으며 보는 꽃
부딪치고 넘어지고 깨어져서 동여매서
강 건너 산 넘어 낯선 곳 되어 꽃피러 가자
죽고 살아서 있는 밤별을 그리워해 보자
깜박

깜짝.

할아버지 눈물

돌이든 나무든 풀이든 이제는 자주 앉아보는 일이
직업인 나는
곁에 초로를 두고 보는 마음이 이루 말할 수 없는
행복인 것입니다.
아침도 저녁도 자주 보고 싶은 것은
지금 마음이 할미가 있고 싶은 것입니다.
오늘은 왠지 초록 홀림에 취해 추억함을
이제 살펴볼 일은 자상이 잃은 것을 회안으로
새겨보는 일이다.

回岸隱諭(회안은유)
울지 마라. 이제
그만하자
풀잎 이슬 떼어 눈에 담아보고
풀잎 이슬 떼어 눈에 담아보고
영화처럼 남은 고향을 풀어보는 것이다.

사랑의 거울

물은 어머니 하나님에 살결 같아서
빛은 아버지 하나님에 살결 같아서

물과 빛은 우리가 볼 수 있는 오직
영혼의 살빛입니다

사랑의 거울 속에
저 빛 무지개는 하나님의 옷고름 같고
저 빛 무지개는 천국을 가는 다리라고
누가, 우리들은 말했죠 나는 말 했죠
(.....)

사랑의 거울 속에
생각하면
허공 아래, 물속에 빛인 모든 풍경이
하나님의 영원한 사랑 비밀의 임신 같습니다.

헬렌 켈러 나무

헬렌 켈러 여인은
손과 발과 몸만 있는 일자나무예요
눈은 쓸 수 없으니 얼굴이 없음이요
귀를 쓸 수 없으니 팔다리가 없음이요
말할 수 없으니 목이 없음이죠

없는 것은 빌려야 해요
눈은 바람에게 빌리고
귀는 물한테서 빌리고
말씀은 스승에게 빌렸지요

넓은 곳 그 사랑
스승님께 새로운 완성된 나무가 돼요
오늘은 가지를 흔들고 푸른 잎에서 노래도 해요
내일은 빌린 것을 모두 돌려줘야 해요
훗날은 내 것은 없고 남들 것이 돼요

이제 세월이……

더 흐를수록 이제 나무가 생겨나요

저 들에 가까운 이제 나무는 울 볕에 자랄 거예요.

닮음

내가 잘한 손은 하나님 손
내가 잘한 사랑은 하나님 사랑
내가 잘한 일은 하나님 일

기도하며
뉘우치며
나는 죄인입니다

너로
나는
종처럼

우리
하나님을

닮음

사람.

시인의 마음

큰 미루나무를 생각으로 그리고
위로 까치집을 그려서 높이 두고
멀리로 보는 것은…

나로
흰 백지 위에 앉히고
방석만큼 동그랗게 올려 자른 것은
지금까지 서울을 한 번도 이기지 못한
까닭이 있기 때문입니다.

오린 것으로 기차를 타고 미루나무
까치집에 높이 오른 것은, 고향으로
한 번은 자축하며 홀로 승리해 보는 것입니다

짐이,
후회되지 않고 무게로 있는 것은
그로 나의 마음이 있는 것입니다.

분가루 속에 눈 있다

태어나서 처음 본 꽃이 분꽃이라고
첫 향기라고, 어머니 말씀하신 큰 기억이
그림 같은 생각입니다.
가끔은 그래도 찾아왔지만은
고향 이십 년 타향 오십 년 보고 못 보고 찾아온
다소 할 한 소절 외움이 담장 타고 지붕에 오릅니다.
백발 백 년이 가까운 뒤안길 있어 못 잊어
나 이제는 굽혀 기어야만 나를 읽어 너를
내가 부르는 어디,
팽이 지팡이 팽이처럼 홀로…서서,
희(喜)야 애(優)야 멀리서 부르는 소리
처음 꽃 첫 향기 하늘가는 이름 꽃 중에 꽃
태양도 종일 하루 꽃향기에 취해 말린 향 가루
분 내음을 파란 봉투에 담아두고 밤샌 별센
그 넓은 들 산골짜기로 하얗게 깔린 안개는
또 무엇인가.
눈물도 가슴도 속 빛을 낳은
얼음 꽃 불 꽃 오열 꽃 하여 분꽃 은유
울 듯 내 고향

안개 속을 분꽃 가루 하고 보면
안개 속에 눈 있다
분가루 속에 눈 있다.

아버지 역 어머니 손님

아득한 주름 많은 나는 아버지 역이 있어
돌아보면 주름을 펴고 어른에서 청춘에서
아이여서 어머니와 다시 만날 제 한량 없이
가고 있으니

오, 시냇가 옛 산 고갯길
보리밭 종다리 찔레꽃 뻐꾸기
진달래 백일홍 복숭아 살구꽃
장독대 봉숭아 열 손톱에 꽃물이 들어

아, 아련한 사랑 찾아왔으니

사무친 금빛 울음!
산 넘어 강 건너 바다로 하늘로 꿈 한량도 없이
난 오고 있으니 그리움 여기 눈감고 눈뜨니 쉼
홀로 어머니는 없고 두 손에 가득 제 안에 가득
옮겨준 물방울이 똑똑 똑 이제 없으니 눈물만이
앞에서 흐릅니다.

아무도 없는 다시 온 곳에 이는

사랑이라, 그리워라 나 울린 어머니…

보여 오시는 날 아버지 역에 있어 바라봅니다.

사랑의 원천

우주에서 대폭발이 일어나고
아득한 은하가 생겨나고
태양이 생겨나고
조각조각 생겨난 조각 중 하나가 지구라는 별인데
불덩어리 지구가 수억 년을 용암으로 산이 되고
물 되고
산이 절벽 되고
바다가 강 되고
절벽이 바위 되고
강물이 시냇물 되고

바위가 골짜기 돌멩이 되고
시냇물이 골짜기 도랑이 되고
돌멩이가 모래알 흙이 되고
도랑물이 방울방울 이슬이 안개되고
얼마나 다시 흘러 흘러서 와
모래알이 바다를 만나고
산이 물방울을 만나는 그런 인연이 사랑의 원천인 것인데

그대가 바다고 강이면 나는 모래알

내가 산이고 절벽이면 그대는 작은 물방울

이 얼마나 멀고 멀리서 와야

얼마나 큰 것이 작아져야

얼마나 작은 것이 커져야 그 사랑의 원천인 것인가.

그렇게 마음

새들이 날아가면 새들을 따라 가면
골짜기 내려 고개 넘어 첩첩 외진 기슭을
지나 더 먼 어디쯤에 도착지에서 자아 알몸을
불에 익어 기다리는 새들이었다.

짐승이 가면 짐승을 따라 가면
어느 골짜기 엉엉 울음 속 산마루 넘어
달 너머 별 아래 허공을 지나서 더 먼 그곳
도착지에서 자아 알몸을 불에 익어
기다리는 짐승이었다.

씨앗을 보며 뿌리를 따라 가면 골짜기 어둠도
흙 속에 뼈 녹고 살 썩은 핏줄 따라가면
강 건너 화전 밭 무더위를 지나 서울 부산 평양
후미진 길 골목에서 자아 알몸을 불에 익어
주인에게 마음을 달래주는, 고구마 감자 옥수수
이었다.

성경을 따라 하나님을 따라서 가면

십자가 지나 못 끝을 지나 창끝을 지나 멸시와 고통을

지나 자아 죽음까지 지나 죄인을 살리시려고

유월절로 피와 살로 영생을 주신 우리 하나님 감사합니다.

하나님과 죄인

나무를 베고 꽃을 꺾어도 슬프지 않았습니다.
소고기 스무 근을 먹고도 울지는 못했습니다.
울린 닭을 백 마리를 잡고도 난 휘파람은
휘파람을 불었습니다.

이토록 죄인인데 죄인이란 말씀이 싫지는
않습니다.

하나님은
사람만 죄인이라 하셨는데 이 땅이 감옥이라
하셨는데

왜, 그리도
꽃을 많이 심으셨습니까.
나무도 많이 심으셨습니까.
열매로 양식을 많이 채워 주셨습니까.
하나님은 죄인을 위해 살과 피로 죽음까지
주셨습니다. 유월절 십자가 보혈로 우리 죄 사함
영생을 주시려고 그리도 큰 희생을 하셨습니다.

오늘 배워서 아는 거울

성은 푸른

이름은 허공

물의 첫 이름은 아지랑이

바람의 이름을 요즘 비행기로 부르면, 굿

비행기 타고 아지랑이 큰 이름은, 먼 구름으로 짓고

잘 놀고

더 공부하고

울고 웃고 합격을 하면

돌아올 이 작은 이름은 물, 빗물 빗물 빗물이지…

그 이름도 많은

빗물

샘물

도랑물 논물 시냇물 강물 바닷물 그리고 새 이름은

허공은 거울 바람은 비행기 물은 아지랑이 구름은 빗물이지!

너와 나 살 곳

빙빙 빙

오늘 배워서 아는 거울, 참 좋은 하늘이지.

쇠똥구리

쇠똥 하면 소가 낳은 물렁한 시고
그 똥으로 빚은 경단은 쇠똥구리
시인 것인데 그리하면 하늘 아래
마음이 그냥 좋다.

궂은 길을 굴려서 가는 경단을 보고
쇠똥구리는 시인이고 굴러가는
둥근 것은 한 편의 시를 읊어주는
것인데 하면 마음이 그냥 좋다.

삿갓은 죽고 부활한 삿갓은 가짜라도
그 쇠똥을 경단을 난 지고 이고
인 후 나는 쇠똥이고 경단이고 삿갓은
한 편의 내 시인데 하면 마음이
그냥 좋다.

쇠똥을 싸고 경단을 굴리면서 쇠똥을 읊고
삿갓 쓰고 옷고름은(堍) 풀고
신식으로 단추를 잠그면서 죄인 너는 공손하리니
하면 마음 그 마음이 그냥 좋다.

맛

시작하는 둥 생각하는 둥
엉망인 중에
뒤늦게 삽과 비를 들었다

길을 내기 위해서
거친 행동은 삽을 들어 앞을 파고
순한 행동은 비를 들어 뒤를 쓸고
거친 마음은 새 옷을 입고 일하며
순한 마음은 헌 옷을 입고 일했다

맛을 내기 위해서
길은 황톳길로 하나만 내고
길가에는 나무도 꽃도 지웠다
그 길은 나의 일직선으로 있고 하늘은
수직으로 길이 날 것이다.

그토록 길이 나면

길 끝에 길 한 가운데 걸리는 얼굴 그 그림은 나다

이 땅의 맛을 갈고 하늘이 당기는 그림 되어 보련다.

하늘은 얼마나 먼 곳인가.

공

공은 누구에게도 날아서 간다
맹인으로도 날아가고
성한 눈으로도 날아간다.
여기서도 맞고 저기 가도 매 맞고
공은 여러 모양으로 매를 맞는다.
발로 손으로 방망이로 맞고 흠이 있어도
저항하지 않는다.
공은 나를 주인으로 생각한다.
아니래도 그리 나를 생각한다.
공은 승자에도 패자에도 온다.

좋은 생각으로 아득한 세상 우주 속에서
달 흐름도 끝없는 별들에 경기라면 저 달이
지구의 공이라면 숫돌이가 아들이라면 손주이면
내일은 얼마나 지구가 희망에 찬 밝은 경기인 것이냐

저 하늘의 별들을 보며

공으로 보고 싶은 것은

수많은 별이 그 헤아릴 수 없는 별들이

하나님께서 발로 손으로 머리로 멀리 보낸 것입니다.

호박

송내역 전철 길 소음방지 막
벽
밖에
호박을 심은 모습이 있습니다.

나는
왠지, 이곳을 찾는 것이 고향으로
여겨 한 끼니는 굶어서 걸어갑니다.

옛 담장 넝쿨 모습처럼 철길 전차가 굴러온
싶은 것은, 가슴에 방금 기적을 울리며
기차는 달려오고 열차는 굴러서 다시
고향으로 돌아간 것입니다.

또 호박 전차가 들어옵니다.
씨도 속도 겉도 금빛 호박이 굴러…
호박열차가 내게 달려왔으니 굽은 할미 할배인
나를 십년 젊게 해 주어 고향으로 돌아갔으면…

지구는

지구는 하나님께서
가꾸시는 정원입니다.

지구는
하나님의 명령으로
사람들에 관리를 맡겼습니다.

하나님의 능력은 무한하기에
말씀으로 지은 경치가 좋습니다.

창공 속 구름은 지구서 길어 올린
재료로 하나님이 손수 지으신 밥상이라
만찬입니다.

그 구름으로 비 내리는 것은
하나님께서 요리한 것을
지구의 생명들이 잘 먹고 사는 것입니다.

부모님의 모습은 천국

부모님의 모습은 천국입니다
배고프고
고달프고
반성도 하며
열심히 살다 보면

부모님의 말씀 입술이 하늘 문이었습니다.

부모님의 모습은 천국입니다
노동하고
인내하고
사랑하고
열심히 살다 보면

부모님 일터에서 손발이 하늘길이었습니다.

아버지 역 어머니 손님

선거

여당은 귀 당으로
야당은 눈 당으로
우리나라 정당 이름이었으면

승자는 귀 당으로
패자는 눈 당으로
대한민국 정당 이름이었으면

국민이 그리하라고 정해 줬으면

물속 거울

어떻게 일그러진 얼굴이라면
깊은 물에 제 모습을 비춰보고
돌을 던져라
두 번 던져라
파문이 흔들리며 더 일그러진 것이 아닌
부어오른 듯 퍼지는 모양이 변화하는 너는
제 절제로 되어 오는 모습을 발견하리라.

너는 분노치 마라
원망치 마라 울부짖지 마라
고개 숙인 자신을 미소 지으라
더 밑에서 물결 이는 것을 보라

밤 있어 별을 띄우고 바람이 있어 나무도
춤추지 않느냐, 풀벌레 소리로 별을 보고 슬픈
눈물로 달빛을 깨달으리라
깨달음을 모를 때 강물은 그냥 흘러서만 가지만
깨달음을 알면 물밑에 물이 먼 곳을 돌아오는 강물
소리를 들을 수 있으리라.

나를 아는 나무는 비를 내리게 하고
너를 아는 강물은 멀리 있어도 가깝게 들으리라
지상에서 거울이 깨져있어도
물속에는 거울이 있다.

허공 속 병원

우수수 낙엽 부스럼 같은 벽 상처엔 뼈가 들어난
지구 생명인 곳에 아픈 삶 속을 바라보는 고요한
허공의 마음이
겨울 시름 가여워라 허공의 눈물로
하얀 눈송이 솜이불 되어 내리시어 덮어 주신다
불쌍해라 허공에 눈물로
하얀 눈송이 약으로 붕대로 내리시어 감아 주신다
백일정성으로 치료를 내려주신다.

이른 봄 올 무렵
상처가 아물 무렵

피 고름이 삭아져 흰 붕대가 찢어지는 거기
흉터에 흉터마다 진달래 목련 철쭉이 핀다.
아문 상처마다 잿가루처럼 살아지는 흰 정처
오히려 슬픔처럼 돌아가는 약 눈이
하얀 눈 고마우셔라
기슭마다 골짜기마다 버들잎 새싹들 물소리 쩡쩡
너와 나 산울림 꽃바람, 새 소리 창공 푸름을 감사하자.

가득한 가을

들에 가면
사람이 지은
알곡들이 익어 가고

강에 가면
씨앗이 지은
풀잎들이 익어 가고

산에 가면
나무들이 지은 나뭇잎들이 익어 가고

하늘에 가면 새들이 지은 구름들이 익어 가고
마음속에 가면 세세히 기록 못한 생명의 이름들이 익어 가고
하나님!
하늘이 웃으시다, 고와라.

빛나는 순간

2020년 8월 긴 장마가 왔다
소가 지붕 옥상에도 있고
새끼 밴
어미 소가
새 생명을 살리려고 죽지 않고
오십오 킬로미터를 헤엄을 쳐서
바다 건너 고통 무인도까지 와서 살아있었다
빛나는 순간은 시간은 새끼와 살려고 풀을 뜯고 있었다.

무너진 흙더미서 강아지 네 마리를 사람이 구하고
어미는 혀로 닦아 주고 새끼들에 젖을 물려주고 있다.
목줄을 끊고 속을 바라보던 모성
그 과정이 빛나는 순간이지
핥아 주고 젖 물리던 한숨 빛나는 시간이지
이해는 코로나19도, 왜 그리 고통도 많았는지.

모(母) 아비

노-오란 주둥이 네 개를 품은 어미
노란 주둥이는 배고픈 밥그릇
부리에
작은 벌레 한 마리
자줏빛 단 머루 한 알

밀림 깊은

고비 낮은

꽃 살
어미 입술을
아비의 혀를 주고 싶어
사막의 밥은 신기루 모래알 바람과 별
네, 오하시스의 신(新) 낙타에 길을 주고 싶어.

작별 이 춘풍 노리

허공을 국수처럼 풀어 내리고
구름을 깍두기처럼 쓸어 내리고
그에 불붙인 열량 동 철판 위로 삼겹살
두둑히 구워 잘 익혀놓고
밤별 다 뜨고
동쪽에서 여인이 앉고
서쪽에서 남자가 앉은
달빛 무릉도원 황홀한 연애 연회의 곁에
금주 옥주 소주 두꺼비 글라스에 취한 그 꿈은
이제

후한 망각(忘却) 속에
허망 무도(無道) 속에
작별의 아 꿈은 사라지고 살아지고
드럼 치듯 쫓기어 부서져 온 결에서

임, 몰래
잠 깨리.

내 사랑 목화씨

이 가슴은 달 밭
그대는 까만 목화씨
왜?
우리는 밤이 심었죠

푸른 달밤이었죠
하얀 별들이었죠
울고 나니 웃음이었죠

그래서
날이 밝아왔죠
새싹이 피었죠
하얀 꽃이 피었죠
흔든 바람이 불었죠

우주만큼 모래만큼 움직이는 내 사랑 목화 꽃
목화씨
로또, 목화밭

일흔일곱 살

1.

당신을 처음 만나고 처음 본 첫사랑이

제일 예쁘고 아름다웠습니다

그때는 청춘이었고

이제는 황혼 77세

처음보다 조금은 더 나은

시작의 사랑을 하려 합니다.

오늘 내일 모레 글피에도

백 일 천 일 오 년 백 세라도

매일 시작의 사랑이 가장 예쁘겠습니다.

어느 날

갑자기 그날이 와도

십 일도 오 일도 하루도

백 초도 십 초도 오 초도 일 초도

남은 사랑 시작의 사랑으로 더 예쁘고

별리의 일 초에는 당신의 가장 슬픈 눈물을 보며

작별에 눈을 감으렵니다.

2.
처음 사랑을 하고 시작의 사랑이 오는 일생은
또 다른 고향이 있다면 당신을 만나 얼마나 좋을까요.

물속 마을

내 안에서
가난한 마음들이
살고 있으면 되는 거야

내 안에서
고달픈 사람들이
착하게 살아가면 되는 거야

저 구름을 행주 삼아
하늘을 맑게 푸르게 쓸어주며
밤별을 밝게 푸르게 씻어주며
풀잎도 예쁘게 이슬 달아주며

사람들이 모여서
첫 마음처럼 살아가는 거야
환한 모습들이 태어나는 거야.

장대

아빠의 몸은 긴 장대고
엄마 마음은 빨랫줄이다

장대를 높게 받치면

빨래만이 잘 마르는 것은 아니다
참새도 앉았다가 날아가고, 제비도 멀리서 와
구름도 바람도 걸쳐 다 날이 가고 파란 하늘도 잠시
쉬었다 날아갑니다.

그뿐만은 아닙니다.
한 밤이면 달도 별도 내려와서 놀다 가고
비 오면 빗방울이 구슬도 되었다가 날아가고
마을의 많은 언어들이 걸리어 놀다 가고
우리 집 이야기도 걸리어 골짜기 슬픈, 물소리 기쁜,
바람 소리로 모두 들려 들려서 어디로 가는 것이…
장대 메고?
참, 좋은 아침 햇빛처럼,
그늘처럼,
요술처럼, 아버지와 어머니는 빨랫줄 장대입니다.

창

아름다운 눈으로
세상을 보았다면
얼마나 기쁨인가

아름다운 눈으로
세상은 있었다면
얼마나 행복인가

아름다운 눈으로
세상을 살았다면
얼마나 편함인가

아름다운 눈으로
세상은 떠났다면
얼마나 그리울까.

이마

어둠
이마를
하늘인 사람

이마는
하늘이 준 땅
내가 가꾸는 농장

이마는
밤의 갤러리
숨결 재판소 판결이
깨끗한 손발이 보이는 곳

이마는
목 긴 우체통
땅과 하늘 사이에 거울
총총히 글 담긴 반짝이는 골짜기

눈치 꽃 코치 꽃

사랑하기 위해서 불처럼 살펴야 하고
사랑하기 위해서 물처럼 살펴야 하는 것이
나는 저 별들을 따는 일일 것입니다.
좁고 넓은 것이, 속 있어
눈치 꽃 눈짓으로
코치 꽃 몸짓으로 하면
눈물이 되고 웃음이 되는 일은 꽃도 싫습니다.
가을 겨울이 와서 찬물로 차디차면
단단한 씨앗이 되는 것이 그대를 위함이며
봄여름이 와서 더운 불로 뜨거우면 뿌리에
새싹이 돋고 줄기에 푸른 잎 내고 예쁘게 아름답고
고운 꽃으로 향기를 피워주는 일이 그대를 위함입니다.
그토록 귀한 것을 귀한 분이 지은 것을
그대만을 사랑하기에 당신께 금빛 눈치 눈짓을
당신만을 사랑하기에 그대에 은빛 코치 몸짓을 이어
아름다운 꽃으로 고운 색깔을 보여 주렵니다.
사랑이란?
영혼의 높이보다, 정신의 깊이보다
더 자랄 수 있고 더 깊은 뿌리가 있음으로도

인생은 어차피 사랑과 시작이
우리가 알 수 없는 끝이 존재합니다.
그대를 사랑합니다.
나는 당신이 오는 그 마음을 지니고 있습니다.
내 마음 아주 깊은 곳에서.

발바닥

삶 동안은
발바닥은 눈물 같고
발바닥은 울음 같아서

그래서

삶 동안이
발바닥이 미소 같고
발바닥이 웃음 같더라.

술, 한 잔

한 거름을 끝에 두고
물구나무서서 발바닥을 위로 하고
미안타, 하늘 땅 사방 자연을 구경시켜줍니다.

밥에 감사 합니다

하루 3번을 밥을 먹는다(3끼+365일×85세)=일생 93,075번 끼니를 밥을 먹는다.

요즘은 백세 시대라 해서 평균 85세는 살리라 생각을 한다. 그러면 밥 한 그릇에 담긴 밥알은 평균 몇 알쯤 될까, 밥 한 그릇은 밥술로 몇 스푼쯤 될까, 해서 나는 사람들이 보통 이정도쯤 먹겠지 생각으로 직접 헤아려 보고 시험을 해 보았다.

밥 한 스푼 뜰 때 어린이와 어른과 노인의 양이 다를 것으로 보고, 이도 보통쯤으로 해서 헤아리고 시험하기로 한 것이다.

밥 한 스푼에=(밥알 수 230알)

밥 한 그릇에=(밥알 수 230알+15스푼=3,450알)

하루 3끼니에=(밥알 수 3,450알×3끼는=10,350알)

1년 3끼니에=(밥알 수 10,350알×365일=3,777,750알)

85세 3끼니에=(밥알 수 3,777,750알×85세=321,108,750알)

이 얼마나 무량한 숫자이고 감사할 마음인가.

예, 공손히 하여 가슴으로 헤아려 보고 밥에 감사합니다. 그래서 더 공손하고 친절하고 사랑을 헤아려 보기 위해서, 밥알에 마음을 대고 측량을 해보기로 한 것이다.

밥알 하나의 길이는=(약 6밀리)

한 스푼 밥알 총수의 길이는=(약 6밀리×230알=약 1,380밀리)

밥 한 그릇에 1스푼은 1,380밀리×15 스푼은=한 끼는 약 20,700 밀리

하루 3끼니 밥알 총수의 길이는=(한 끼는 20,700밀리×3끼는=약 62,100밀리)

1년 3끼니 밥알 총수의 길이는=(하루 62,100밀리× 365일=합 22,666,500밀리)

85세 3끼니 밥알 총수의 길이는=(1년 22,666,500밀리 ×85세=합 1,926,652,500밀리

는 85세 기준, 약 1,926,652.5미터다. 약 1927킬로미터다.

백두산 높이 2,744미터이다 밥알 높이가 백두산의 약 702배는 된다.

서울 부산 거리가 4백 킬로미터면 왕복 2번 반쯤에 가까운 길이다 이 얼마나 고맙고 감사할 일인가. 여기에 더 감사한 마음을 더해, 한 번을 더 본다.

인체의 맥박은 1분에 65에서 70번은 뛰어야 정상이란다.

예서, 사람은 1회 숨으로 맥박이 4번 뛴다고 한다.

사람은 약 85세가 평균 수명으로 하면, 일생 몇 번을 숨 쉬고 몇 번은 맥박이 뛸까요.

맥박 1분에 70회×하루에 100,800회+1년에 36,792,000회×86세 =3,127,320,000회나 뛴다. 그동안 숨은 약 7억8천 번쯤은 한 것이다. 나 홀로 계산을 해 본 것이니 정확도는 아닌 것으로 둔다.

양식은 하늘이 내린 선물이다. 우리가 밥을 먹음으로 살고 편안과 행복이 있는 것이다.

이토록 작게 나눠 보면 우리가 서로 다툴 일도 없고 끈끈한 마음이 생겨나서 우리도 나라도

세계도 전쟁이 없는 평화가 올 것이다.

밥 앞에 감사하는 하나님께 기도합시다. 아멘

글, 제 양식이 부족하오나 이 글을 쓰고 기분은 아름답고 즐거웠습니다.

우산바위

그날 구름은 물 바위 신열이
굳은, 절벽은 큰 바위
기적은 기차바위
바위는 바위
슬픈 흉터바위
빗방울은
눈물
한 톨 쌀 바위
한 말 한 가마 한 섬
사랑은 우산바위
우산바위에 순이와
나, 서로 구르는 한 섬
쌀 바위 후두두둑 똑똑똑
그리움 그대는,
내 사랑아 달래 역 노을이 메아리친다.

청동 빛
우산바위 별이 스치어 운다.

바람의 소리

마음속 불 지피면
핏줄이 활활활 불타는
사람
혀를 붓으로
붓을 혀로 말하는
사랑

골짜기 깊은 골짜기를 찾아서
들어간 한 사람
나오는 두 사람

성경 말씀 전하는 사람
하나님의 말씀이 선물인 사람.

상상의 꽃

끝없는 곳을 직선으로 달려서 가면
천만 번 아득히 달려가 보면
그때는
처음 본 별들이 없고
별들은 멀고
여기 낯선 별들이 새로울 거야

나, 그토록 달려 달려가 보면
얼마나 더 달려가면
활처럼
그리움 살던 이 지구로 돌아올까

작은
믿음으로
그냥 미지의 속을 가보고 싶다.

저 수많은 별을 돌고 돌아와서

한 백 년 변화무쌍할

너와 나

하나둘 꽃으로 예쁘고 곱게 피고 싶다.

하늘공원

가을 빈 맵시
목, 긴
옷

임 이마
흰 머리에
길 그림자 바람소리
(.....)
결
분 빛 날리는 들, 이 애린
저녁

노을아!
갈대에 씽씽 바람 불어라
별 끝 서쪽의 인 눈물, 하늘도
울어라 옛 벤치서 젊음이 스치어 간다.

미인 없다

2020년 2월 10일부터
2021년 3월 11일…
우리나라
대한민국
에
미녀
미남
이 없었다.

왜냐면, 코로나 19 때문에?

모두 마스크 써 얼굴이 가려져서
미녀
미남
을 볼 수가 없었다.
거리에서는
언제나, 미인을 볼지 기약이 없다.
그 마음이 우리는 얼마나 아프고 아련한 것인가.

가창나무

참나무 오동나무 싸리나무 오리나무
는 트로트를 잘하고
소나무 팽나무 잣나무 느티나무 밤나무
는 판소리를 잘 부른다.

뽕나무 장고 치고
감나무 북치고
대추나무 징 치고
버들나무 피리 불고
동백나무 꽹과리치고

미루나무 백양나무 복숭아 살구나무
는 팝송을 잘하고
무궁화 은행나무 사과나무 벚나무 메밀꽃
은 가곡 명곡을 잘 부른다.

앵두나무 기타 치고
맨드라미 바이올린 켜고
개나리 진달래 색소폰 첼로 불고
봉숭아 풍금 치고
도라지 피아노 치고

아카시아 코스모스 춤추고
해바라기 백일홍 지휘하고
너와 나는 쌀, 보리 즐겁게 감상합니다.

노을 문

흰머리에 주름이 깊은 노인 부부가
며칠을 구름 위에서 강낭콩을 까고 있습니다.

밤이면 하얀 갈대가 몰려와서 갈대숲을 이루고
언제나 밝은 달이 떠서 바람에 하얀 갈대꽃을
흔들어 줍니다.
이곳은 늘 가을만 있는가 봅니다

해가 질 무렵이면 서쪽 노을 속에는 기슭에 붉은
고추밭이 생겨납니다.
아마도 그것은 노인들에만 있는 특권입니다
노인 부부 둘만 있으면 정거운 이야기가 많습니다.

아득한 날이 오나 봅니다
그날 할머니는 저녁밥을 안쳐 놓고 노을 밭에 붉은
고추를 따러 나간 후 다시는 돌아오지를 않았습니다.

허전한 할아버지는 잠을 이룰 수가 없습니다.

새벽별이 가까이 오는 밤 세 시 노인은 밖으로 나와

별을 봅니다. 그때 마지막으로 저녁을 짓던, 그 연기

가 푸른 빛 한줄기로 별에 닿는 모습을 눈물로 확인

합니다. 이승을 떠나면

작별의 밥 짓던 저녁 연기가 푸른빛으로 저 별까지

아. 저 별까지…

빗방울 참새

할아버지 구십이 넘은 날 온 힘
갈퀴로 구름을 긁어 흰 눈이 내리고

손녀로
잘 키운 참새 한 마리
작은 등불에 청사초롱 족두리 쓰고
별들에게 시집을 가는 날입니다.

산에 강에 돌아보면
이십 년 전 그날
억수로 비가 내리고 빗줄기 달려가고
그 맨 뒤로
달려온 빗방울 하나가

늦은 벌로
강물에 흐르지를 못하고
작은 알이 되어서
착한 할아버지 호주머니 속에서

참새로 태어나고 그래서 효새는 눈물이
흐르고 더 할아버지는 너무나 쇠약한데…

하늘 아래

지쳐 쓰러진 것이
반짝이는 별 하나를 본다.

낮은 곳으로 쓰러지는 것을 헤아리는
자는 몸과 마음을 분리해 보는
저 하늘 아래 비와 빛 사이의
탄생

굶주린 손을 찾아온
과일 빛 눈물
풀잎의 행군

참 새로워라
세상 아주 먼 곳에서
무엇이 오고
무엇이 가는.

생명나무

나는 매일 불합격한 나무입니다
내가 나를 불합격한 나무입니다

나는 늘 불합격한 사람입니다
사는 동안 언제나 그럴 일입니다

나는 아직 많은 길을 걸어가야 합니다.

죽는 날까지
하늘에 가면 천국 문에 서서
꼭, 합격해야 합니다
내 일생 합격은 천국서 단 한 번뿐입니다.

별빛을 보며

장군은 하나고
병사는 만이다

빛나는 별
반짝이는 별

전선(戰線)

이등병
목숨 바친 빛이다.

연단

식물은 먹힘으로써 승리인 듯 마음이 있고
동물은 먹음으로써 승리인 듯 마음이 있다
식물은 마음이 실체인 듯 보임이 있고
동물은 행동이 마음인 듯 보임이 있다
죽음과 삶에 감사하는 것은
세상이란 그토록 존재하는 것이다.

빨랫줄은, 균형처럼 저울처럼 쉼터처럼
승자도 패자도 깨끗하게 마르고 있다
승리가 둘일 때 있어 삶이 경치가 있다.

가을

1.
가을은

너무
높아서

당신을
따야겠습니다.

2.
임 말씀에

봄
놓으려

낮은
겨울로 가겠습니다.

3.

날 비워

낮 풀리면, 뗀 그 자리 붙여 보이겠습니다.

전구

밖이 캄캄한 세상일 때에

전구를 커서 밝히면
창에 빛은 집이고
전구 알은 몸이고
붉은 선은 핏줄이다

핏줄로 서고
몸을 태우고
창에 나를 가두고
애달픈 고통이 없었다면

나는
패자일까요
승자일까요
패자도 승자도 훌륭한 것은
빛의 수명을 다하고 재처럼 사라질 때
그 어둠은 더 공든 패자일 것입니다.

사과

푸른 열매일 때는 혁명이다
붉은 열매인 것은 충신이다
푸른 붉은 사이는 고문이다

나를 나는 혁명하는 사람
나를 나는 절개하는 사람
나를 나는 고문하는 사람

사과는, 내가 나를 나라인 사람.

天命 눈물

결혼
어머니+아버지=아들과 딸입니다
아버지-어머니=천명 파계입니다
어머니+아버지=기쁨 열매입니다
아버지-어머니=불행 씨앗입니다

결별
이혼이란 세상에서 가장 불행한 글자입니다.
아버지-어머니=아들도 딸도 버림입니다.

부모님
천명을 거역하지 마십시오.
천명을 파계하지 마십시오.
생명 파계는 하지 말아주세요.
삶의 질서는 거역하지 마세요.

우리들의
하늘의 눈물을 살펴주세요
부모님을 사랑합니다
감사합니다.
天命인 은혜로운 지구에
세계를 우리를 행복하게 해 주십시오.

아빠와 딸

구름은
아픈 노트일 거야

비는
치유의 글씨일 거야

어쩌면
아빠와 딸 눈물은
눈 맞춤 소설인 거야
웃음 진 말미에는 약속인 거야

골목길 민정이네 집.

눈

하늘에서
눈이 내리면
세상이
하얗게 덮인 눈
속에서
사람들 눈이
생겨난 것 같아요
사람 눈 흰 눈, 같은 글
세상에 처음이에요
우연히 아닐
신기해요, 신성해요
대한민국만 성스러운
흰 눈 사람 눈 이에요
성령 하나님께서
동방 땅끝에 오신다는데
그곳이 바로 우리나라에요
그래서 신기해요
우리 눈으로
이제 성령 하나님을 찾아야 해요
참, 복 받은 나라 감사해요 기도해요.

하늘

별은 성민으로
구름은 천민으로
달은 임금으로
보는 밤하늘 너는

나의 마음이 되어
성민들 천민들에
왕(王)이 잠시 가려 있다

허공서
상 차리는 구름과 별
밥상 앞 달의 모습은 우리 숲
귀합니다

청 바람 갈 것
흰 바람 올 것
어둠은 약 별빛은 상처
밤샘 바람은 땅과 하늘 사이 교감.

먼지

무슨 생각이 상심하여
먼지 속에 누가 있다면 떠 있는

먼지도
아득하여
여행하는 비행기 같고
먼지가
내 몸에 내려 있으면 나는 지구인가
나는
서울인가 비행장인가

먼지로 나는
농장인가 양식인가.

그늘

그늘에 앉아 그늘이 노인이다
그늘이 모여 모여서 밤이다

그늘은 나를 사귀어주고
밤은 우리를 용서해 준다

낮은 게 그늘이고 더
낮아질 수 없는 게 밤이다

귀갓길 저어! 노인은
한 걸음 한 걸음이 귀한 길

어쩌다?
내릴 때 오르는 에스컬레이터를 타고 침침히
당황하던 노인인 내가, 더는 내려갈 수 없으니
잘못도 올려주고 받쳐 주는 그 무엇이 있는가 보다
있는가 보다
노인이 그늘이고 밤인가 보다
하니, 한참을 수(繡)놓는 노수(老囚) 공원이었다.

배꼽 배

천국과 지구를 왕래하는 배
죄 지은 영혼을 실고 오는 배
지옥에 떨어지지 말라고 줄 매어 오는 배

어머니 배는
배꼽 배 천상의 배
새 생명 날 낳아주신 배
첫 세상을 내게 보여주신 배

새 생명 마음 될 성경 한 권 넣어주신 하나님

어머니 배는 작은
배꼽 배
천사가 인도하는 배
첫 숨이 들어있는 배
제 일생에 첫 그릇이 들어있는 배.

미루나무 술잔

미루나무 잎이 은빛으로 반짝일 때
높은 가지 사이로 까마귀가 있으면
나는 그것이 까마귀가 술잔이다.
까마귀가 날아가면 술잔을 씻으러 가는
것이고 도통했으니까 도력이다.

달빛으로
잎이 은광으로 반짝일 적에 높고 깊은
가지 사이로 그림자가 휘는 것은 분명히
술잔이 오고 가는 것이다.
술잔을 주고, 받는 것이다
달빛도 나뭇잎도 깊이 취해가면
얼간 한 취중을 생각으로 하면서 나는

그래도
그래도 하며 보면
내 말이 두말없이 그냥 도통한 것이다.

0시 59분

흠뻑 눈물로
적신
풀잎

이슬에 씻은
몸
풀잎

별들은 남자
풀잎은 여자
0시, 이 지상을 이륙하려나 보다

59분 풀잎 끝에
한 방울 맺힌 이슬은 눈물로 남기고
풍화의 약속은 시간의 연애를 하려 하려
자유한 바람을 타고 허공으로 솟구쳐 분다
시작과 끝도 알 수 없는 태초부터 사랑이 있음이다.

노인의 외출

1.
내가 이제 늙어서
오랜
보도블록을
오늘 봅니다. 살펴 밟아 봅니다.

2.
늙은 죄
하늘 아래 허리 굽혀 걸어본 일이
오늘은 용서함이 있다.
날 듯한 오리 즘
그래 힘처럼 사열한 듯 장미꽃이 피어 서 있다.

너로 내 일처럼
오늘은 장미가 세워 준 나로 바라보려니
애써서 뚫은 구름 구멍 사이로
푸른 하늘이 보입니다.

마지막 기회처럼 하늘을 봅니다.

은빛 날개

문명은 생각일 뿐
지향을 않으련다.

새는
나이 든 검은 씨앗의 눈으로
직선을 접어 뒤로 하고
곡선으로 돌아와 앞을
살펴볼 일이다.

앞문을 활짝 열어 자연 바람 벗하면서
여백 나무인 양 수액도 몸에 스며 흔들리며
마음 한두 끼 굶주려서 공양을 시험하고

위보다 아래를 많이 보며
나락으로 걸으며 떨어지며
짐승에도 미물에도 길 발걸음을
곡선을 제가 읽혀 함께 마음을 실천으로
삶에 깊이 삭여 걸어 볼 일입니다.

뇌 속의 나무

생명나무
한 권의 성경입니다.

벼락 맞은 밤나무

밤나무 그늘보다, 더는
시원했던 곳은 지금까지 없었습니다.
그 옛날이 좋은
먼 곳 밤나무가 벼락을 맞고 저만치 쓰러져서
까맣게 불에 탄 모습이 있었습니다.
뙤약볕에 일하고 가족이 그늘에서 참을 먹고 짬을 쉴
때는 밤나무는 그릇이고
사람이 밥이었습니다.
그 숨잔 골짜기에서
그늘 핀 밥그릇이 깨어지고 없습니다.
만 말리 오랜 세월이 흐른 뒤에
삶의 마음이 밥그릇 같아서
훗날 세월은 약 같아서
이제 오늘에 밥그릇은
하늘의 부모님이시고 멀리 형제고 나도입니다.
그날을
그림. 그린 글썽인 面
달이고 별이던 밥
텅 빈 밥그릇에 없는 밥
밥그릇을 보는 밥이 담겨 있습니다.

봉숭아

잠자리처럼 탈바꿈해 볼까
나비처럼 탈바꿈을 해 볼까
매미처럼 탈바꿈을 할까

과거를 돛으로 풀어놓고 난감한
망망대해를…

소 되어
논밭 되어
씨앗이 되어
탈바꿈한 너를 나로 부려 볼까

사르르 눈물 위에 고향을 두고
사르르 눈물 아래 집을 짓고
사르르 눈물로 골을 타서
내 마을로
사람들, 붉은 봉숭아 파란 꽃물을 들여 줄까.

세월

무심히 꽃을
꺾은 날

몇 번을 벼락이
울었던가

더 몇 번을 천둥이
울었던가

무서워라 저곳
망나니의 불 칼춤

세월은 죄인 양
나를 고문하는 바위.

반 울음

반은 슬프고 그 후 반은 기쁨이 반드시 오는
변함없이 주는 진실은 얼마나 아름다운가
한 발은 허공에 있고 한 발은 땅에 닿은 것
이 슬픔으로 뒤에 그 기쁨인 것이 닿는 곳은
얼마나 감사할 일인가요
꽃도 숲도 피는 것이 곱고 예쁜 것은
모진 비바람으로 흔들림인 것은 아름다움으로 진실이지요.
이별은 슬프고 아프지만 보냄으로 남는 함 추
에 고귀함은 얼마나 더 한 사랑이 될까요
벼꽃이 떨어져야 나락이 익어가고 과일이 익는
것은 흔들림이 없이 가능할까요
밤이 있어 낮이 있는 슬픔이 있어 기쁨이 있는
울고 나면 웃음 있는 것은 그 삶이 얼마나 아름
다운 신명의 보상인 것인가요.
노동으로 고달프고 배는 고프지만 작은 일당으로
고기 두 근 사고 과자 한 봉지 사과 열 개 사 들고
집에 오는 발걸음은 이 얼마나 행복인가, 반 울음
있고 반웃음이 깃드는 것은 평범한 진리라서 내가
반 울고 네가 반 웃어 아기 낳으면 우리 셋이란

이 얼마나 감사할 행복한 사랑인가요.

울음은 웃음으로

웃음은 울음으로

미소 다음 눈물은 얼마나 꽃인가요

반과 반으로 하나는 원이 사랑의 회전이지요.

없는 소리 있는 소리

하나님 말씀이 있는지 찾아서 보아야 하겠습니다.
하나님 말씀을 지키고 있는지 살펴야 하겠습니다.

하나님 말씀은 있는데 언제부터 잊고서 있습니다.

하나님 말씀은 바르게 찾아서 우리가 올바르게
지켜야 되겠습니다.

하나님 말씀을 사람이 변개한 시대가 있습니다.
알이 보고 찾아봐서 우리가 고쳐야 합니다.

하나님 말씀은 성경입니다
안식일. 유월절 절기는 율법인데 지키고 있는지요.
제날이 아닌 틀리게 하면 사람의 계명이라고 쓰여
있지요. 하나님이 십자가 달려서 흘리신 피와 살은
영생을 주는 유월절 안에 있습니다.
성령이 오셨는지 언제 오시는지 어떻게 오시는지
성경을 찾아 살펴볼 일입니다.

성경 속에

하나님 말씀을 틀리게 하면 없는 소리

하나님 말씀을 그대로 하면 있는 소리.

(아멘).

자랑

우리, 하나님의 교회는 조용한 자랑입니다
하나님 교회는 하나님이 세우신 교회입니다
아버지 하나님이 있어
어머니 하나님이 있어
나는 자랑입니다.
하나님의 교회는 새 언약이 있어 너무나 좋고
안식일, 유월절 초막절 등 있는 절기는 규례대로 다
모두 잘 지켜서 하나님 사랑 받으니 자랑입니다.

*(마태 16장 8절 이 백성이 입술로는 나를 존경하는데 마음은 내게서 멀
도다.
9절 사람의 계명으로 교훈을 삼아 가르치니 나를 헛되이 경배하는도다)*
* 예언 따라 동방땅 끝 대한민국에 성령오시다*

1.
이사야 46장 11절
내가 동방에서 독수리를 부르며 먼 나라에서
나의 모략을 이룰 사람을 부를 것이라.

2.

히브리서 9장 28절

구원을 이르게 하기 위하여 죄와 상관없이 자기를 바라는 자들
에게 두 번째 나타나시리라.

3.

마태 24장(마가 13장, 누가 21장)

32절 무화과나무의 비유를 배우라.

그 가지가 연하여지고 잎사귀를 내면 여름이

가까운 줄을 아나니

33절 이와 같이 너희도 이 모든 것을 보거든

인자가 가까이 곧 문 앞에 이른 줄 알라.

4.

요한계시록 2장

17절 귀 있는 자는 성령이 교회들에게 하시는

말씀을 들을 찌어다 이기는 그에게는 내가 감추었던

만나를 주고 또 흰 돌을 줄 터인데 그 돌 위에 새 이름

을 기록한 것이 있나니 받는 자 밖에는 그 이름을 알
사람이 없느니라.

5.

요한계시록 22장
17절 성령과 신부가 말씀하시기를 오라 하시는도다
듣는 자도 오라 할 것이요 목마른 자도 올 것이요
또 원하는 자는 값 없이 생명수를 받으라 하시더라.

6.

갈라디아서 4장
28절 오직 위에 있는 예루살렘은 자유자니
곧 우리 어머니라.

7.

요한복음 14장 15절
너희가 나를 사랑하면 나의 계명을 지키리라

나의 기도

하나님을 아는 것이 세상에서 제일 중요합니다.

하늘나라에 가려면
하늘나라 것을 많이 생각하고
하늘나라 것을 듣고
하늘나라 것을 행해야 합니다.
-어머니 교훈 말씀-

성경을 배우고
율법과 계명을 지키는
것이 하나님을 따르는 것입니다

하나님이 세우신 교회 이름은 하나님의 교회입니다
고린도 전서(1장1절,11장22절). 갈라디아서(1장13절)
사도행전(20장.28절). 하나님이 자기 피로 사신 교회.
아멘

슬픔과 기쁨

탄생 아기는 기쁨
부모는 슬픔
노인은 기쁨

새싹은 아기
나무들은 부모
단풍과 낙엽은 노인

아지랑이는 아기
구름은 부모
비와 눈은 노인

밝은 빛은 아기
캄캄한 밤은 부모
푸른 별은 노인

아름다운 경치를 노인
절벽과 바위를 부모
돌멩이 모래알을 아기

슬픔은 기쁨

기쁨은 슬픔

눈 감고 뜨는 영원 함 있다.

새것

물은 영원히 살아있어 움직이고
빛은 죽어서 소모되니 한시적이다

물 마음 빛 마음이 합쳐서
세상 생명이 곱게 물들여 진다
생각하면!
산 마음 죽은 마음 합쳐서 사는 세상

불타며 죽어서 떨어지는 그 빛
물의 고통 구름의 방황 씻어 횡군
어디로 흐르며 찾아가는 구름은 물

비 내리는 흰밥
빛의 절규 저 많은 빛깔 고희 빗은
눈 내리는 흰떡

우리 사는 세상 모든 것이다

하늘 아버지
하늘 어머니
하나님이 지은 새것

나 오늘이 새것처럼.

끝
말

시를 썼으니
벙어리가 되련다.

시를 썼으니
귀머거리가 되련다.

시를 썼으니
장님이 되련다.

시를 썼으니
목발을 짚고 가련다.

시를 썼으니
햇빛 달빛 별빛도 없고 미물처럼 기어
난 소리를 말뚝으로 박고 몸을 매어두련다.

아버지 역 어머니 손님